KB046902

청어詩人選 320

사람숲이
고맙다

김원호 시집

청어

사람숲이 고맙다

김원호 지음

발 행 처 · 도서출판 청어
발 행 인 · 이영철
영　　업 · 이동호
홍　　보 · 천성래
기　　획 · 남기환
편　　집 · 방세화
디 자 인 · 이수빈 | 김영은
제작이사 · 공병한
인　　쇄 · 두리터

등　　록 · 1999년 5월 3일
(제321-3210000251001999000063호)

1판 1쇄 발행 · 2022년 2월 25일

주소 · 서울특별시 서초구 남부순환로 364길 8-15 동일빌딩 2층
대표전화 · 02-586-0477
팩시밀리 · 0303-0942-0478

홈페이지 · www.chungeobook.com
E-mail · ppi20@hanmail.net
ISBN · 979-11-6855-017-9(03810)

사람숲이 고맙다

김원호 시집

시인의 말

네 번째 시집 『숲에서 들리는 소리』를 상재한 지 벌써 여덟 해가 지나갔다. 상재할까 말까를 오랫동안 생각해 보았다. 그러나 그간 지상에 발표하고 보관하고 있는 글들을 정리할 건강이 아직은 있으니 나와의 약속을 지키기 위해 다섯 번째 시집 『사람숲이 고맙다』를 상재한다. 생로병사의 병사의 기간에 쓴 글이다 보니 어쩔 수 없이 어둡고 침울함을 피할 수 없었다. 마지막으로 정리해서 세상에 놓고 갈 이야기들이 남아있어 오늘도 걷고 또 걸으며 건강유지를 위해 최선을 다 한다. 모든 것은 하늘에 맡기면서 말이다.

전화벨이 울리면 전화 받기에 앞서 겁이 난다. 반가운 소식은 가물에 콩이 나듯이 거의 없고 누가 죽었다는 사망 소식이 아니면 아파서 고통스럽다는 병고에 대한 이야기가 대종을 이루고 있기 때문이다. 동년배나 선배님들의 슬픈 소식에는 긍정적인 생각으로 머리를 끄덕이나 후배들 특히 가족 간의 손아래 사람들의 슬픈 소식에는 마음이 아프고 끌고 온 그림자가 너무 길지 않았나 하는 생각까지도 하게 한다.

통계청 자료에 따르면 팔십 세 이후의 생존율이 30%이고, 팔십오 세가 되면 생존율이 15%, 구십 세가 되면

5%라고 했다. 백세시대라고 말들은 하지만 구십 전후의 선배들의 삶을 보면 대다수의 분들의 삶이 무척 힘들어 보인다.

본인은 물론, 특히 배우자가 병고로 힘들어 할 때나 사망 시에는 애처롭다. 오래 사는 것이 최선일까? 육체적인 고통, 정신적인 고통, 그리고 경제적인 고통을 수반하는 노년의 어려움을 알면서도 본인의 힘으로 어찌할 수 없을 경우 이 또한 문제 중에 문제라는 생각을 해 본다.

써서 남기고 갈 이야기들이 아직도 있다. 꿈이 있다는 것이 얼마나 다행인지 모른다. 꿈이 없다면 나머지 인생이 얼마나 삭막할까를 생각해 보았다.

올해는 집사람의 나이가 팔순이고 결혼한 지 55주년이 된다. 그간 많은 시댁일가들의 궂은일에 헌신적으로 협조하였으며 신통치 못한 신랑 곁에서 가정을 꿋꿋하게 지켜주었음에 이곳을 통하여 심심한 사의를 표한다.

남태령 전원마을에서

김 원호

차례

─────

제2부 먼나무

제3부 대문 밖이 저승이 아니던가

제4부 제자리

맺음말

제1부

태백산 눈꽃송이

죄 없이 사라져 간
남과 북의 젊은 혼백들 사무친다
흰 눈 위의 그리운 사람

하염없이 쌓이고 쌓인다
진혼곡
계곡 마다 메아리 친다

태백산 눈꽃송이

열흘 붉은 꽃이 없듯
삼일이면 녹아내릴 눈꽃송이

태백의 골짜기 마다
흐드러지게 피었다

탕 탕 탕 따꿍따꿍 총소리
전쟁의 쓰라린 상처

죄 없이 사라져 간
남과 북의 젊은 혼백들 사무친다
흰 눈 위의 그리운 사람

하염없이 쌓이고 쌓인다
진혼곡
계곡 마다 메아리 친다

뜨거운 감자

푹 삶은 감자 하나
손에 들고 호호 불며 안절부절못한다

곧장 입에 넣으면 입천장이 헤어질 것이다
그냥 있자니 견딜 수 없이 손바닥이 뜨거워

예쁜 장미꽃 한 송이 같다

아까워 남에게 줄 수 없고
갖고 있기에는 향이 너무 짙어

온기가 쉬 가시지 않은 뜨거운 감자
가슴 속에선 냉탕과 온탕을 오간다

바람아, 불어라
짙은 안개를 데려가라

나의 그녀, 집사람에게

오십여 년을 새장에 갇혀 산 새

나머지 인생을 마음껏 즐기고
자유를 만끽 하라고
문을 활짝 열어주었다

두 날개를 활짝 편 채 푸른 하늘을 날더니
어디론가 사라진다

정오에 다시 찾아와 집을 한 바퀴 돌더니
어느 곳인가로 훨훨 날아간다

허전한 마음을 한 구석에 간직한 채
저녁노을 따라 집에 와 보니
온몸에 상처투성인 채
새장 앞에서 떨고 있다

문을 열어 주니 힘없이 들어간다
풀어 놓아줘도 되돌아오는 바보새

우리 안에서 길게 홰를 친다

보성골프장 레이크 코스

짝을 찾는 개구리들의 노랫소리
계곡을 흔드는
레이크 코스는 젊다

가녀린 연록 나뭇잎이 피어나고
이팝나무 흰 꽃이 활짝 펴서
사랑의 허기를 달래주네

근심 걱정 머금은 공
힘껏 쳐올렸다
푸른 하늘 가르고

여기 저기 골짜기에 부딪쳐
되돌아오는 굿 샷의 함성
개구리 사랑노래와 하모니를 이룬다

순간의 사랑을 놓쳐 버릴까 봐
마음 졸이는
신록의 계절이 땀으로 범벅이다

* 동행자: 이운형,이복희 님과 김양수 부부님. 세월의 무게를 감당치
못하고 세 남자는 현재 휴식 중.

편백나무 꽃

교회에서는 성聖가지로 쓰이고
건강 힐링 역할을 하는 편백나무

숨어서 피는
작고 앙증맞은 꽃이다

반짝반짝 빛나는 노란 꽃은
확대경에서만 참 얼굴을 보여 준다

외모는 화려하지 않아도
내면세계가 꽉 찬 꽃

자선냄비를 보기만 해도
마음은 자라목이 되어 움츠러들고

자손들의 일에는 주머니 크기를
가늠 못하는 우리들의 모습을 보고 있다

너와 내가 호흡을 함께하며 사는 세상
몸을 낮추고 낮추면서
편백나무 꽃이 닮고 싶어

성당의 낮은 문턱을
높이 보며 넘어가 본다

DMZ의 오늘

바람소리
새소리
따스한 햇살까지
빨아들인 고요

긴장이 감도는
폭풍전야의 적막강산

마지막 비명의 여운이 오늘까지
메아리 친다

고향의 어머니가 보고 싶다는
청춘의 넋, 들의 가녀린 그 소리
고요 속에 묻혀 목젖이 없네

울적한 이 마음의 가닥
어느 강물에 풀어낼까

오이 덩굴손

오이 덩굴손은
늘 온기를 머금은
할머니 약손이다

의지할 데만 있으면
손길을 칭칭 감아올린다
어린 새끼오이를 위한 저 몸부림 좀 봐

황금과 사랑의 무지개를 쫓아
자식을 손에서 쉽게 놓아버리는
현대판 엄마야 좀 봐

말 못하는 오이를 보기에
부끄럽지도 않느냐
갈고리 잃은 너의 맨손이

어서 보여 다오
화장기 씻어버린
너의 민낯을

이별 1
−수술대 앞에서

여보시게, 눈가에 반짝이는
이슬을 보이지 마시게나
낸들 마지막 이별주離別酒
쓴잔을 마시고 싶겠나
도살장으로 끌려가는 황소에게도
뚝뚝 떨어지는 눈물이 있듯이
태연한 척 눈물을 가리고는 있지만
마음속에서는 후두둑후두둑 비가 내리고 있다네
거역할 수 없는 자연의 법칙 앞에
별수 없이 담담히 서있네, 차례를 기다리며
얼마 남지 않은 날들을 손가락으로 헤아리면서
꼭 전하고 싶은 말이 있네
그대들과 만든 추억들이 그래도
아름다웠다고
외로움 잘 추스르고 나머지 빈 공간 아름답게
꾸미시다
기쁜 마음으로 따라 오시게나
두 무릎 꿇고 경건한 마음으로
오늘도
기도를 하고 있다네

이별 2
−수술을 마치고

삶의 무게를 감당치 못해
어정뜬 나의 몸

내리치는 봇물에 방천防川은
산산조각이 나서
쏜살같이 떠내려간다

사랑하는 아들딸들아
손바닥으로 하늘을 가리지 마라

최첨단 현대의학도
생로병사生老病死
자연의 순리는 막을 길이 없단다

물길 따라 조용히 가고 싶다
나만의 세계로
언제든

이별 3

밤이 하얗게 흐르네

병원을 다니는 일이 일상일세

병과 함께 하루하루를 살다보면
어느 날 갑자기 하늘의 부름을 받고
소천 하는 게 우리의 삶이라네

언젠가는 피할 수 없이 맞이해야 하는
마지막 이별은 의연하면 좋겠네

그대에게 생이 힘들고 괴로운 먼 훗날
아름다운 추억으로
마음을 추슬러주는 이별이었으면 좋겠네

가을은 가는데

가을은 멀리 떠날 준비가 한창인데
나는 남태령 고갯길 넘나든다
샛노란 은행잎에 빈 편지 새겨 눈에 넣는다

호미 끝에 끌려 나온 고구마에
지난 여름이야기 끝이 없는데
이 가을은 자꾸 깊어만 가는데

긴 이야기 담은 봄과 여름 그리고 가을이
몇 번 더 오고 가야 추운 바람이 몰아치는
삭막한 겨울이 내 앞에 다가올까

4·19 기념탑에서

부정부패에 항거하여
마산 앞바다에서 인 바람

정의의 깃발 펄럭이며
단숨에 경무대까지

목숨 바쳐 외쳐대던
자유·정의·진리

피를 먹고 자라는
자유민주주의

피어보지 못 한 채
스러졌던 꽃봉오리들

여기,
수유리에 잠들다

내 조국 방방곡곡
산골짜기마다

사월혁명 고대 정신이여

대를 이어

잊지 말고 씩씩하게 피어나라

보릿고개

이팝나무 가지 끝에

향기로운 흰 꽃이 만발할 때

청보리 밭에서는

배고픈 시름이 익어가고

넘기 힘든 유년의 보릿고개

팔십 고개를 넘은 지금도

머릿속에서 스멀거리며

떠나질 못하네

욕심

비우고 비우겠다고 다짐만 하고
채우고 채워도 사막을 맨발로
걷는 듯 갈증은 더해가네

얼마를 더 채워야
마음이 평화로워
웃는 세상이 보일까

바람이 욕심의 번뇌를 계속 끌어들여
문풍지는
밤마다 울고 있어

목숨이
다 하는 날
사라질 허기虛飢려가?

형이 소천 하던 날

1935년 음 9월 28일 출
2015년 음 2월 12일 졸

오곡이 무르익는 풍성한
가을에 왔다가
꽃 피고 새 우는 봄에
봄비를 몰고 가신 님

흙빛도 좋은
영원한 쉼터
이별이 아쉬워
꽃 속으로 몸을 숨기신 님

그리움의 진달래
연분홍 꽃잎이
화산공원 양지 바른 곳에서
봄바람에 하늘하늘 춤을 춥니다

꽃 천지

앞에도 꽃 옆에도 꽃
눈동자 닿는 곳마다
꽃밭 천지이다

뒤를 돌아 걸어보아도
꽃길
꽃 멀미에 세상이 온통
빙그르르 돌다가

생각 혼자 고요한 이 밤
봄비가 정겨운 친구로 오네
꽃 향이 부르는
꽃비의 마지막 노래처럼

수술

바둑이가 졸고 있는 나른한 오후

생수 한 병 손에 들고 비타민 D 받으려

햇볕 따라 나선다

흩어진 사념들 모을 수 없고

잃었던 건강 소식 가물가물 하다

새살이 돋아날 날짜만 기다리는

생인손의 아픔에

해는 뉘엿뉘엿

땅거미는 짙게 다가오는데

서있는 땅이 왜 이리 흔들릴까

제주 억새풀

바닷바람에
흰 머리카락 휘날리며

몸과 마음을 다해
서걱이며 부르는
늦가을의 마지막 노래

억새풀의 마지막 자존심
하얀 잎맥이 반짝이며
바라보는 짙은 노을

멀리서 어둠이 깔려오네
마음의 등불 환하게 켜고
기다리면 봄이 다시 올까

아지랑이 타고 더불어 가자고
질긴 목숨 억세게 버티고 있지 않은가

제2부

먼나무

계절 잊은 먼나무, 피라칸타
푸른 이파리
가지에 다닥다닥 붙은 빨간 열매

산새 들새 정신없이
게걸스럽게
빈 배 채우고

멀리 날아가는
새들의 창자 속
또 다른 먼나무의 잉태

먼나무*

밀감이 바닷바람에
노랗게 익어가고

접동백** 붉은 꽃이
뺨에 연지곤지 찍은 채
눈비를 기다리는데

계절 잊은 먼나무, 피라칸타
푸른 이파리
가지에 다닥다닥 붙은 빨간 열매

산새 들새 정신없이
게걸스럽게
빈 배 채우고

멀리 날아가는
새들의 창자 속
또 다른 먼나무의 잉태

* 먼나무: 제주도에 분포되어 있는 사철나무로써 파란 이파리에 새들이 민감해하는 빨간 열매를 달고 있으며 겨울철에 새들의 좋은 먹잇감이 된다. 새들이 멀리 날아가 배변을 하면 그곳에 또 다른 먼나무가 싹을 틔운다.

** 접동백: 동백과이며, 일명 산다화라고도 한다.

피붙이

북경에 사는 막내딸
품어 안은 병아리 같은
어린 두 딸 데리고
그리운 어린 시절 따라온 서울 나들이

친정마당 빨랫줄에 참새로 앉아
말의 성찬을 벌이며
꿈같은 한때를 보내고
생활의 시간으로 날아갔다

빈터에는
그렁그렁한 구름이
붉은 노을 속으로
자꾸자꾸 번져간다

허리가 심하게 굽은 친구

할미꽃 닮아
심하게 굽어진 허리
가슴이 아려오네

모진 비바람에도
끄떡없던 나무
뿌리까지 흔들리다니

어처구니없이
세월 앞에 무릎 꿇는
연약한 너의 모습

덧없는 인생인 것만 같아
이 세상에 영원은 없고
찰나刹那만 번뜩이네

사람의 향기

잠에서 깨어나면
생각나는 사람
꿈길에서도 나타나고

생각을 키울 때마다
행복의 미소 짓게 하고
눈까지 감겨주는 사람

그 사람의 그윽한 향기
마음을
사로잡고 있네요

꽃에도 만리향이 있고
천리향이 있는데
흉내라도 내고 싶어

오늘도
붉게 타는 저녁노을 앞에서
옷깃을 여미어 본다

새의 노래

작열하는 태양 아래
바람만이 야자수 사이를 넘나드는
한적한 오후

새끼 찾는 어미 새
한낮의 정적을 깨는
애절한 울음소리

말 못하는 벙어리가
온몸으로 말한다
찢어지는 가슴앓이

날개를 적신다

초등의 추억 서리 1
−여행길에서

절벽에만 집을 짓는 물총새
초가집 추녀 밑에 있던 제비집
논두렁에서 울던 뜸북새

한국에서 사라진 추억들이
현실로 다가서는
휴양지 말레이시아 포트딕슨에서
유년의 꿈이 서린 내 고향을 봅니다

평택행 귀향열차는
시커먼 연기를 하늘에
내품어 대며
신바람 나게 달립니다

초등의 추억 서리 2
－동짓날

동지섣달 기나긴 밤
춥고 가난했던 지난날들
문풍지도 서러워
밤이 새도록 울었지

휘영청 달 밝은 밤, 눈 위의 바람은
세차게 얼굴을 때리고 귀도 뽑아갈 듯
뼛속까지 시리게 파고들었지 그곳에
길 잃은 새 한 마리 전기 줄 위에서 윙윙 따라 울었지

먼 산에서 들려오는
언 나무 부러지는 소리
얼음장 밑에서 졸졸 흐르는 물소리
힘겹게 밀려오는 봄소식 같아

소용돌이치는 냉혹한 국제정세 속에서
한반도 기를 달고 부침을 계속하는 조각배 신세
근심어린 얼굴로 숨죽이는 민초들 같아
두 손을 모은다

간절한 기도를 드린다

초등의 추억 서리 3

세월에 등 떠밀리어
누렇게 변해가는 잔디 위

햇볕에 반사된 서리
하얗게 반짝이네

감나무 앙상한 가지에 매달린
까치밥 몇 덩어리

바람에 심하게 흔들리며
세상이 춥다고 몸서리친다

손발이 몹시 시리다
마음속까지는 얼어붙지 말아야지
우리 쌓은 정

초등의 추억 서리 4
–어머니

땡볕 아래 풋고추 몇 단 길가에
내놓고 쪼그리고 앉아 있는 아주머니
발길을 멈추게 한다

"아삭이 고추죠?"라는 질문에 즉답은
"맵지 않아요. 밭에서 방금 따 왔어요."
의심 없이 돈을 선뜻 건넸다

밤늦게까지 손질한 야채를
광주리 가득 머리에 이고
아침이슬 헤치며 십리길 읍내

물건이 다 팔릴 때까지
장마당 한구석을 지키시던
우리들의 어머니

못 다한 효심이 뒤늦게
울컥하고 가슴을 치며
목젖을 적신다

초등의 추억 서리 5

일제 식민지에서 해방된
첫 번째로 맞이한 초겨울
맨발로 걸어 다닌
초등학교 십리 길

완장 차고 교문 지키는
상급 간호생의 눈길이
발에 머무는 순간
긴장은 극에 달하고

가난이 죄인 후진국 어린 학생
맨발에 걸린 짚신 검열에
통과 됐을 때 회심의 미소가
가슴을 쓸어내린다

* 짚신: 볏짚으로 만든 신.

팔십 중반을 바라보며

어쩌다가
80세 중반을 바라보는
늙다리가 됐어요

꿈에서도
산 사람 보다는
죽은 이들이 자주 찾아옵니다

어떤 일은 어제같이
생생하게 떠오르고
잊힌 기억들은
머릿속에서 스멀대기만 합니다

세월에 밀려
닿을 바닷가
언덕 위에 보이는 영혼의 집

이별의 날까지
꿈과 할 일을 손에 넣고
열심히 살다 가고 싶어요

폭설과 한파

하늘길 땅길과 뱃길

모두 막혀 인적이 끊겼다

소매부리를 파고드는 찬바람

위턱과 아래턱이 덜 덜

턱 맞추는 소리 요란하다

지구촌이 모두 꽁꽁 얼어붙었다

허허 벌판에서 들리는

아우성만
미쳐 날뛴다

동백섬 지심도

장승포에서 뱃길 15분
동백꽃 지천인
지심도

비가 내리네
밤이 새도록
후두둑 후두둑 비가 내리네

봄맞이 비인가
일제의 침략 발톱자국
지우려는 빗줄기 세차다

빗물에 둥둥 떠다니는
동백꽃에 박힌
동박새 울음

나와 팔베개를 하고
나란히 누웠네

동작동 서울 현충원에서

조국의 부름이 있을 때마다
하나밖에 없는 목숨
초개같이 바친 넋들이
영원히 쉬는 이곳

박태기나무 붉은 꽃
지금도 선혈이 낭자하게 흐르듯
봄마다 붉게 피고

아픔이 가시지 않은 채
게시판마다 줄 지은
이별의 아쉬운 사연들

찾는 이의 발자국마다
슬픔이 고이고
조국이 있음이 자랑스럽다

그대들이 있기에
이 땅에 태극기가 힘차게 펄럭인다
애국가를 목청껏 부른다

실컷 울고 싶다

어쩌면 좋지
길바닥에 엎질러진 물이고
깨어진 유리잔인데

참회의 뜨거운 눈물
볼을 타고 주룩주룩
말없이 흐른다

말 못하는 노루와 사슴만이 사는
깊은 산골짜기
아름드리나무의 밑동

두 손 벌려 꽉 잡고
꺼이꺼이 소리 내여
짐승같이 울고 있다

마음에 맺힌 응어리 다 풀리도록

장미꽃 이야기

숲속에 자리한 그림 같은 집
넓은 정원의 꽃밭 한 구석
큰 단풍나무 그늘에 앉아

장미꽃에서 피어나는 추억들은
놀라운 은총 'Amazing Grace'의 선율에 녹아들고
작약 속에 스며든 옛이야기
솔베이지의 노랫말에 잦아진다

되돌아보니 고난이 쌓인
발자국도 보이지만
그래도 인생의 즐거웠던
소풍길이 아니었던가

해는 중천에서 기울어진지 오래고
아름다운 저녁노을이 다가오네
노래 'Time to Say Good-bye'
한 번 더 청해 듣고 싶네

눈을 지그시 감고
마음으로 들으며
스르르 영원한 잠에 빠지고 싶네

* 학교동창, 이길환 님의 집. 초대받은 정원파티에서.

한낮에 날벼락이

가슴이 먹먹해 오네요
별똥별이 크게 원을 그리며
땅으로 떨어집니다

생명력이 강한 민들레 홀씨
태풍을 타고 지구 반대편에
튼튼하게 내린 뿌리

해가 서쪽으로 지는 것이 아니지요
다시 동쪽에서 붉게 떠오르기 위해
잠시 숨은 겁니다

해가 다시 힘 있게 솟아오르는 날
세상의 어둠은 가시고
더 밝은 내일이 올 겁니다

칠원 경주 김씨의 자존심이며
장손인 고 김완영 박사
무거운 짐 모두 내려놓고

일곱 가지색 무지개 타고
하늘나라에서
가장 편한 자세로 편히 쉬시게

든든한 후계자 김지우가 있고
대를 이을 김지우의 아들이
큰 꿈을 이룰 기지개를 펴고 있다

제3부

대문 밖이
저승이 아니던가

그래도 말하리다

살가운 피붙이와 정겨운 이웃들은

이승에 있노라고

대문 밖이 저승이 아니던가

대문 밖이 저승이 아니던가

이승에서 저승으로 넘어 가는 고갯길
굽이마다 핏빛으로 물든 산과 들
역겨웠던 마지막 고비의 시간

새가 울고 아름다운 꽃이 만발한 곳
꿀물이 흐르고
산천어山川魚가 노니는 산골짜기 붙잡아도

그래도 말하리다
살가운 피붙이와 정겨운 이웃들은
이승에 있노라고

대문 밖이 저승이 아니던가

청보리에 붙어 있는 까끄라기

산책길에 청보리가 눈길을 끈다
이제 막 패기 시작한 청보리
이삭에 붙어있는 어린 까끄라기
꼿꼿한 자세로 푸른 하늘을 겁 없이 치켜본다

저 놈이 저래도 청보리가 누렇게 익어
보리타작할 때는
비 오듯이 땀이 흐르는 온몸을 찾아다니며
깔끔거리게 하는 놈이지

네 놈의 괴팍한 성깔을 알 만큼 알지
살면서 너 같은 놈, 수없이 만나 보았지
생각만 해도 소름이 끼치도록 싫어
고즈넉한 한여름 밤

온몸에 진저리가 일어난다

98회 3·1절에

태극기 물결 속에서
애국가를 부르니 목젖이
울컥 가라앉고

길가에 힘들게 앉아있는
노부부의 손에 든 태극기들
애처로워 가슴이 뭉클하다

경찰차 칸막이로 나누어진
부모와 자식, 태극기와 촛불
외쳐대는 함성에 노을빛이 시끄럽다

태극기 파노라마 속에서
환하게 피어나는 유관순 누나
부끄러운 조국의 슬픈 현실이다

교감交感

찬 어름장 손과
뜨거운 불화로 손이
겹쳐지든 날
몸의 최적온도는 36.5도

뜨거운 네 심장이
내 가슴에서 두근두근 팔딱이며
깊은 밤의 고요를 가르며
잠까지 앗아가고

진정한 사랑은
한 사람의 소유가 아니고
일정한 거리를 둔
치킨게임

붉게 물들어 가는
저녁노을
마지막 황혼의 불꽃
저승까지 아름답게 피어나겠지

세월이 지난 탓이오

실바람에도 예민하게 반응하던 놈이
세우면 넘어지고
또 세우면 맥없이 자빠지네

꼿꼿하던 남자의 자존심이 십분도 버티지 못하고
힘없이 무너지던 날
당황하거나 슬퍼하지 마시요

팔십을 바라보며
칠십 고갯길의 중간문턱을
당신은 지금 넘고 있는 중이요

인생살이에도 사계절이 있어
하늘을 찌를 것 같은 젊음의 기개도
바람같이 왔다가 안개같이 사라지지요

관능의 충족이 아니고
정신세계를 살찌게 어둠을 밝히는
등불의 역할이 있지요

더 아름다운 세상이 펼쳐집니다

어깨동무하고 함께 갑시다

콧노래를 흥얼거리면서

스콜 1

평화롭던 하늘에 먹구름이 온다
중무장한 적군이 몰려오듯이
갑자기 눈앞에 몰려온다

천둥 번개 치며
비가 쏟아진다
대지가 서늘해진다

언제 그랬느냐
얼굴 바꾼 하늘엔 높은 구름
불볕이 대지를 달군다

반복되는 담금질*에
열대우림熱帶雨林은 우거지고
목재와 온갖 과일이 주렁주렁

풍요로운 어머니, 대지는
오곡五穀을 예쁘게 키워 주나니

* 담금질: 금속을 가열하고 두드리고 찬물에 식혀가면서 필요한 형태를
만듦. (단조)

스콜 2

언제 갈지도 모르는 그 나라
시도 때도 없이 반갑지 않은
폭우와 땡볕을 내리네

별과 구름 보는 새벽엔
하루 날씨를 점쳐보고

아침 식당가는 길엔
아내의 음색과 안색을 살피며
하루의 평화를 점쳐본다

순응해야 하는 자연의 섭리란
익어가는 부부 사이에도 특별배려를
손바닥에 올려놓고 잠시 숨을 고른다

날마다 인생을 익혀
늙은이 아닌
어르신네로 호명되고 싶다

* 스콜이라도 좋아서 비를 맞으며 흰 이를 들어 내놓고 웃을 줄 아는
이정구, 전영국 그리고 김문권 부부님과 함께.

스콜 3
– 에이 파모사 리조트

세상이 떠나갈 듯이
천둥 번개 치며 비를 뿌리고
스콜이 지나간 자리

수백의 강남제비들이 뒤엉켜
때로는 낮게 때로는 높게
장관의 공중윤무를 연출하고

열대우림에 얼굴을 감춘
수많은 새들의 오케스트라
좋아요 좋아요

강하게 내리 쬐는 햇볕
속옷까지 땀으로 범벅
함박웃음 속에 희디흰 치아만
하얗게 보이네

* A FAMOSA RESORT: 말레이시아 쿠알라룸푸르 공항에서 싱가포
르 쪽으로 90분간 버스로 달리면 도착되는 휴양지임.
** 에이 파모사 지역의 7~8월의 스콜은 대부분 아침 5시경에 시작하
여 6시경에 끝남.

단풍

노인의 원숙미가 굳어져 피운
냄새를 풍기지 않는 향기 꽃이려니
다가오는 겨울준비
모두를 비우는 지혜가
돋보이는구나

젊은이가 잠에서 깨어나
기지개를 켜는 것이 봄꽃이라면
후각을 자극하는 국화꽃 향기보다
눈이 시원하고 영의 세계가 황홀해지는
삼매경, 아소그랑브리오*의 가을단풍

마지막까지 아름다움을 지키는
꿋꿋한 네 모습이 정말 아름답구나

* 아소그랑브리오: 일본 규슈 지방의 구마모도에 있음. (2017년 11월
12~15일의 여정에서) 사계절 중 봄과 가을은 있는 듯 없는 듯이 짧지
만 봄꽃과 가을 단풍은 우리를 기쁘게 한다.

게스트 하우스

톱니바퀴처럼 호숫가를 따라
그림 같은 집들이
옹기종기 자리 잡고
호수를 굽어보며
옛이야기 꽃을 피운다

이구아나* 가족들은 물살을 가르며
수영을 즐기고
어린 날의 보름달을 고향 뒷동산에서
가져다 이곳 잔잔한 호수에 얼비쳐보며
한 해의 소원을 빈다

이른 새벽부터 자정까지
야자수와 깨이까나무** 가지에 숨어
밤을 지새우며 부르는
새들의 사랑노래
예가 새들의 천국이 아니던가

"못 먹어도 고!"라는 소리
미션힐스 11번홀***로 쳐대니
도랑을 넘다 첨벙하고 소리 내고
캐디의 "똑남!"**** 하는 소리
크게 다가오는 골퍼의 가슴도 철렁

* 이구아나: 도마뱀과에 속하는 파충류로 큰 놈은 길이가 1m를 넘는다.
** 깨이까나무: 잎 모양은 신경초와 비슷하나 식용으로 먹을 수 있고
3월에는 노랗게 핀 꽃이 아름답다.
*** 미션힐스 골프클럽: 방콕에서 서쪽으로 3시간 거리에 있는 칸차
나부리 지역으로 유럽 사람들을 상대로 조성한 휴양지다. (2018년 2
월 20일까지 머물다.)
**** 똑남: 태국말로 물에 공이 빠졌음을 알리는 말.

미투

사장이란 호칭보다는
시인으로 불러줄 때
자긍심이 살아 있었지

미친 시인의 민낯이
만천하에 드러나던 날
고개를 들고 세상을 볼 수 없어
숙인 채 땅만 보며 걸었지요

종교가 뭣이냐고 물어오면
긍지를 갖고 입에서
천주교란 말이 거침없이
튀어 나왔지요

사제라는 신부의 얼굴에서
가면이 벗겨진 채
교인들의 발밑에서
신음할 때

부끄럽고 두려워
두 손으로 얼굴을 가리고
높고 푸른 하늘을
힐끔힐끔 훔쳐봅니다

입맛을 잃어버리고

혓바늘이 모두 솟고
입안이 깔깔하다

입에만 넣으면 씹을 틈도 주지 않고
목구멍으로 낄낄거리며 술술 넘어가더니

오늘은 깨지락거리며
입 안에서 우물쭈물 겉돈다

제정신이 아닌 파도는 미친 듯이
바닷가 대부 둑에 철석철석 부딪치는 소리

큰 바다로 떠내려가는 저 목선
방향이 어디인가

눈보라치는 겨울이 지나면
먼 산에 아지랑이 피는 봄소식 오려나

우리끼리

손가방 휴대전화 늘어놓고
물컵을 채워 일렬로 진열
영역표시에 정신을 잃어

자기들 끼리끼리 둘러앉아
눈 마주치고 먹고 마시고
나누는 재미있는 이야기

타인에겐 마음의 문 꼭꼭 닫고
울타리 안을 넘겨다볼 틈도
주지 않은 채

너와 나 우리끼리만 있고
우리가 숨을 쉴 수 없는 세상
편 가르기 끼리끼리

지옥도 저들끼리 갈건가

이 사람아 종손이 어쩌자고

아무리 어둡고 괴로워도
하나밖에 없는 소중한 목숨과는
바꿀 수는 없는 법이지

너와 나 사이에는
넘을 수 없는 산도 없고
건너지 못할 강도 없지

아버지 대신 작은 아버지
한마디 말만해도 쉽게
찾을 수 있는 해결의 실마리

한쪽 문이 닫혀도 찾아보면
또 다른 활짝 열려 있는
문이 기다리고 있지

깨어진 유리잔을 보며
강물처럼 밀려오는 이 슬픔
가슴만 갈기갈기 찢어지나니

영혼이라도 좋은 곳으로 승천하길

오늘도 이곳에서

두 무릎을 꿇고 기도 한다네

어버이날에

근심 걱정 머금은 먹구름
바람에 실려 멀리
흘러가고

연둣빛 이파리 통과한
따스한 햇살 한줌
차디찬 대지를 적시니

장미꽃 한 송이
자랑스럽게
가슴에 달고

자식들 앞에서
해맑은 웃음을 줄 수 있는 날은
언제쯤일까

산모의 진통 없이 올리는 없지만
이제는 그만 숨죽이고
팔천만의 가슴에 안기거라

숱한 어버이의 멍든 가슴을
시원하게
풀어줄 남북통일이여!

뻐꾸기*

진한 밤꽃 냄새 따라온
여름철새, 검은 등 뻐꾸기
숲속에 숨어서
"머리 깎고 빡빡 깎고"
청아한 목소리로 노래 부른다

바람이 늙은이 등을 떠밀며
빨리 하산下山을 하라고 재촉한다
득도得度를 못한 게으른 늙은이
우물쭈물 머뭇거리다
뒷걸음질로 산을 내려온다

4월에서 9월까지 한반도에 머무는 여름철새다
검은 등 뻐꾸기는 만날 때마다
"머리 깎고 빡빡 깎고" 아니면 "홀딱 벗고 홀딱 벗고"
"너도 먹고 나도 먹고" "작작 먹어 그만 먹어"
하는 것만 같다

높이가 같은 앞의 3음절이 마지막엔 낮게 뚝 떨어진다

* 뻐꾸기: 중국인들은 사성두견이라고도 하며, 음계로 치면 미미도 쯤
이다. 어떤 이는 득도를 못하고 승천한 스님이 한을 품고 탄생한 새라
고도 하고, 봄보리 이삭이 익어갈 무렵인 춘궁기에 오는 철새이기에
보리새라고도 한다. 춘천지방엔 운산에 많은 검은 등 뻐꾸기가 있다고
한다.

저승길

이승의 고개 너머 저쪽에는
젖과 꿀이 흐르는
낙원이라 했지

저승 가는 고갯길의 간이역에는
많은 벗들이 고통을 호소하며
슬픈 이별을 준비하네요

재물도 명예도
모든 것이 헛되고 헛되다는
말에 공감이 간다는 친구

등에 잔뜩 진 짐을 어깨에서
모두 내려놓고 빙긋 웃는 친구
얼굴이 환하다

모든 것에 감사하며 평화로운
하루하루를 이어가다 보면
어느 날 내게도 저승사자는 찾아오겠지

슬픔 없이 기쁜 마음으로

인생은 즐거운 여행이었다고

노래 부르며 그대를 따라 가야지

서울에서 해남 땅끝 마을까지

벌판에서 산골짜기 다랑이 논까지
끝없이 이어지는
황금빛 물결이 출렁인다

울창한 숲속 산등성이 비집고 자리 잡은
유택幽宅*과 산자락 양지바른 곳에는 주택住宅이
꽃단장하고 어울려 오손도손 정겨웁다

부족한 아침잠 잠깐 눈 붙이니 서울 경기는 순간에 지나
치고
사투리가 구수한 충절의 산하 충청도가 다가오고
다정다감한 예술의 고향 전라도가 펼쳐진다

가을 햇살에 익어가는 삼천리 금수강산
대한민국의 거미줄같이 잘 정리된 고속도로를 달린다
내친김에 경원선 타고 두만강 나루터까지 다녀올까 보다

* 유택: 죽은 사람의 집이란 뜻으로 무덤을 말함.

차창에 어린 늦가을 풍경
-영암 아크로 가는 길

어깨가 기울어진 허수아비
하얀 비닐로 둘둘 말린
원형 볏짚*이 지키는 텅 빈 들녘 휑하다

울긋불긋 예쁜 옷 입고
매서운 겨울맞이 잔치에
해가 짧다고 산과 들은 아우성이다

곱게 물든 단풍을 닮고 싶어
옷맵시를 매만진다
마음씀씀이도 나이에 걸맞은지

비 맞은 스님 되어 혼자서
반야심경을 중얼중얼 되뇐다
길은 어디든 조심조심

* 원형 볏짚: 논에서 탈곡을 하고 남은 벼의 줄기와 잎으로 겨울철 소
의 사료로 쓰임. 일명 유기농 또는 절망 볏짚이라고 함.

제4부

제자리

비둘기가 날라다 주는 소식이
손톱 밑에 낀 까만 불안과 불신이 되고 만다
불안은 밤을 하얗게 지새우게 하고
불신은 사람과 사람 사이 틈새를 벌려
미움과 오해가 자리를 차지한다

제자리

조그만 울림이 큰 파장으로
기나긴 여운을 남긴다
M이 있어야할 자리에 N이 차지하면
Mail이 Nail로 탈바꿈 한다
비둘기가 날라다 주는 소식이
손톱 밑에 낀 까만 불안과 불신이 되고 만다
불안은 밤을 하얗게 지새우게 하고
불신은 사람과 사람 사이 틈새를 벌려
미움과 오해가 자리를 차지한다
금세 소나기라도 쏟아질 듯이
먹구름이 하늘을 뒤덮고 있다
부주의가 불러온 해프닝은
곳곳에 상처를 남긴다

봄은 다가오는데

햇볕을 등지고 서서히 걸으면
목덜미와 등허리에 느껴지는 온기

고즈넉한 호숫가 둘레길
오후 한 시 방향의 햇볕은 따사롭고
얼굴에 스치는 바람이 감미롭다

호숫가에 발을 깊게 담그고 서있는 능수버들
푸른색 머금고 진저리 치면서
시리다면서도 봄소식 전한다

우리의 땅 금수강산에
참다운 봄은 언제 오려는가
산모의 산고에 조바심이 앞선다

고향에는 아직도

팔십 고개 넘어 찾은 고향
고등학교 삼 년간 맺었던 인연의 끈
육십여 년 동안
끊어지고 길게 이어져
강물은 깊어 보이고 산봉우리는 높게만 보입니다
파손상태는 점검불능
산천山川은 내비게이션* 도움 없이는
지척을 분간하기 힘들고
살아온 세월의 길이 다른 친구들
마음과 마음 사이의 간극間隙**도 넓어
헤아릴 수 없는 마음의 향방
시리도록 외롭고 아리도록 그리워 찾은 고향 친구
빈손으로는 돌아갈 수는 없는 일
힘들어도 배려와 이해로 간극을 조율하며
어깨동무하고 즐겁게 고스톱 노래 부르며
저승고개를 너머가세나
정다웠던 옛 친구들이여
스님의 다비법茶毘法*** 때 탁탁 튀는 불꽃처럼
겨울준비를 마친 오색의 아름다운 단풍처럼
고단한 하루의 마침표인 저녁노을처럼

황혼 길의 뒷모습이 아름답기를 기원하면서

* 내비게이션: 지구를 돌고 있는 인공위성에서 현재 차가 있는 위치를 알리는 신호를 보내면 그것을 화면에 보여주는 장치로 길 안내자 역할을 한다.
** 간극: 틈 또는 사이.
*** 다비법: 시체를 화장火葬하는 불교식 장법의 하나.

꽃샘추위

마음만은 이팔청춘인 팔학년 할아버지들
입술에 붉은 립스틱 바른 칠학년 할머니들
쌍쌍이 봄맞이하려 찾은 남쪽 고창힐 CC

겨울잠에서 일찍 깬 개구리가 되어 꼭두새벽
언 땅을 뚫고 파릇파릇 솟아나는 잔디 위를
추워도 기어가며 부르는 노래 '굿샷'

햇살이 활짝 퍼지면 깊은 산속에 핀 진달래
감사의 표시로 연분홍빛 손
정겹게 살래살래 흔들고

벚꽃나무 가지마다 앙증맞게 매달린
무리 진 꽃잎 봉오리
꽃샘추위에 머뭇거리며 발걸음을 멈춘 듯하다

흩날리는 꽃비를 우산 없이 맞는다
황혼 길을 하얀 색으로 곱게 물들이는
미완의 꽃으로 또 다른 봄을 기다린다

* 김재복, 정진구, 최의석 부부님과 함께한 남쪽 봄맞이.

초여름의 길가 풍경
－나주 해피네스

수북하게 쌓인 함지 밥을 머리에 힘겹게 이고
줄을 서있는 아낙네들 같기도 하고
고봉밥에 밥사발이 작게 보이는
이팝나무에 탐스럽게 핀 이팝 꽃들이 줄지어 인사하네요

길가 맞은편 산과 들에는
아카시아 꽃술이 아래로 늘어진 채
멋쟁이 노신사의 은은한 향기처럼
길가를 빛나게 하네요

초여름에만 한반도에 잠깐 들렸다가 사라지는
여름철새인 검은 등 뻐꾸기는 짙은 숲속에 몸을 꼭꼭 숨
긴 채
"씨이익 홀딱 벗고 홀딱 벗고"
외로운지 혼자서 노래를 부르다 낮잠을 잔다

흰억새꽃*
−나주 해피네스 가는 길가에서

흰억새꽃은
삼복더위를 참고 견디며
모진 비바람과 싸우면서
얻어 쓴 월계관

겨울 햇볕이 따사롭게
궁구를 때는 반짝반짝 빛나고
세찬 바람이 몰아칠 때는
바람 방향 따라 거스름이 없이
고개를 숙이는 유연함이 돋보이는 구나

서슬이 시퍼런 권세 앞에서는
방향을 스스로 가늠하고
미리 납작 엎드려 아부하고
돌아설 때는
등에 서슴없이 칼을 꽂는 인간쓰레기들보다

꽃술이 바람에 모두 날릴 때까지
가을걷이가 끝난 텅 빈 들녘을 지키는
희디 흰 억새꽃이 더 아름다워 보이는
마지막 모습이려니

* 흰억새꽃: 평상시는 자줏빛을 띤 황색의 잔꽃으로 이루어지나 겨울
이 되면 흰색으로 변한다.

역병, 코로나19·1

강열한 빛살이 몸속으로 파고듭니다
맹위를 떨치던 한여름
자취도 없이 멀리 떠나고
이제는 가을인가 봅니다
땅 위에는 고추가 붉게 익어가고
땅 속에서는 고구마가 몸을 불리고 있습니다
당신의 늙은 몸으로는 어쩔 수 없는 나라 걱정
훌훌 털어버리고
이마에 송그린 땀방울을 씻어주는
시원한 바람이 부는 밖으로 나오세요
겸손한 오곡이 무거운 고개 숙인 채
황금빛 들판이 미소 지으며 기다립니다

역병, 코로나19·2

벗나무 가지마다 한껏
부풀어 오른 꽃망울들
삼삼오오 정답게 무리지어

붉은 입술을 탁탁 터트리기 시작한다
주말에는 이곳에도
꽃 잔치 벌어지겠다

가택연금 지겨우니
마스크로 입과 코 가리고라도
마음의 공포증 훌훌 털어버리고

벚꽃이 만발한 공원으로 나오세요
눈과 열린 마음만 있으면 되요
봄날이 지나가기 전에

역병, 코로나19·3

우한 코로나19 역병은
때 아니게 우리 땅에
슬그머니 묻혀왔네

노래를 부르며 오던 봄이
오고 간지를 모르는 사이에
앗아간 우리네 평범한 일상이 찌거덕거린다

이웃과 만나고 싶을 때 만나
서로 이마를 마주하고 자유롭게
정담을 나누는 일

흩어진 가족들이 둥그렇게 모여앉아
음식을 함께하는 보통의 일들이
행복이란 것을 알려줘 고맙다만

무슨 미련이 그렇게 많아 우리 곁을
떠나지 못하고 서성이는 너의 모습은
괴물이고 공포 그 자체로구나

어느 신들린 무녀의 악령惡靈을
머리에 뒤집어 쓴
탐욕에 눈이 가려진 인간이 만든 몹쓸 세균아

물리칠 백신아, 어서 반갑게 달려오라
너의 말굽소리 들으며
희망 향해 다시 뛰고 싶다

역병, 코로나19·4

역병 코로나는
시베리아 동토지대에서 이는
눈보라보다도 더 강해

꽁꽁 얼어붙은 전 세계
뼛속까지 파고든
죽음의 공포증

설렘을 빼앗긴 연말
고요가 삼켜버린 텅 빈 도시
정적靜寂만이 말없이 흐른다

미국과 영국 일본과 대만은 물론
베트남까지도 백신접종 소식 들리는데
사기가 땅에 떨어진 우리들

하늘을 올려다보면 울화통이 터지고
땅을 내려다보노라면 긴 한숨이
끝을 모른 채 내려만 간다

하늘이여
오는 봄에는 더도 말고
아주 작은 행복 지켜주소서
따듯한 햇살 한줌이려니

늦가을

곱고 노랗게 물든 은행잎
아스팔트 위를 뒹굴다가
바람에 날려 멀리 사라지고

빈 들녘에는 흰 비닐에 싸인
볏짚 무더기들이
배고픈 소들의 울음을 기다리고

된서리 세례를 받은 감나무
잎은 시들고
먹음직한 연시는
어느 어르신을 기다리나

어지럼증

달팽이관의 이석耳石이 움직이면
사람은 균형을 잃고
하늘과 땅이 비잉비잉 돌아
참을 수 없는 고통의 나락으로 떨어져
꼼짝달싹 못한다

어처구니*가 없는 맷돌은
쓸모없는 돌이 되듯이
하늘과 땅의 순리에도
역기능이 천지를 뒤흔들면
제자리 잃은 산천초목도 빈사瀕死**상태라는데

산모의 산통이란 생각으로
숨죽이며 옥동자玉童子***를 기다리듯
'모든 것은 지나가리라'
유태인의 격언을 하늘같이 믿으며
두 무릎 꿇고 기도드릴 수밖에

* 어처구니: 맷돌을 돌릴 수 있는 손잡이. 어처구니가 없다는 말은 어이없다는 뜻.
** 빈사: 거의 죽을 지경에 이름.
*** 옥동자: 맑고 깨끗한 용모를 가진 가상의 아기.

그대들과 함께한 봄맞이

벚꽃 따라 강원도 횡성까지
봄볕 한 아름 가득 가슴에 품은
둔내의 웰리헬리 컨트리클럽에 왔어요

그대는 구두주걱이 없어 불편함을 느낄 때
언제나 곁에 있어 해결사였던
생각 키우는 정다운 사람

넷이서 하는 놀이에 예정 없이
불쑥 나타난 반갑지 않은 멀리건
잔잔한 마음 한 구석을 흔들어

앙꼬가 없는 맛을 잃은 찐빵
칼이 빠진 칼국수가 됐지만
어머니 손끝으로 뚝뚝 끊어 빚은
구수한 향이 밴 수제비의 별난 맛이려니

처가에서 맺어준 특별한 인연들 소중해
지난 세월 되돌아보니 꽃길이었네요
함께할 날이 얼마 남지 않은 시간

마지막으로 영원한 이별이 남았군요
언젠가 기억에서 곧 지워질 만남이라도
그대들과 함께라면 이 봄이 행복해요

미리 해 본 작별 인사

인생의 가시밭길을 걷던 시기
허허로운 가슴을 채우기 위해
정처 없이 발길을 돌린
충북 괴산군 괴산면 동부리 522*

고요가 흐르는 한밤중 잠을 잃고
곤하게 자는 그녀의 곱게 늙어가는 모습
물끄러미 훔쳐보니 가슴에 울컥하고
걷잡을 수 없이 슬픔이 강물처럼 밀려오네

꿈 같이 지나간 오십여 년**의 짧은 세월
오늘의 나를 만들어 놓은 사람
그간 "미안했오"
　　"고마웠오" 그리고
　　"감사하오"

뉘엿뉘엿 저물어 가는 저녁노을
하늘을 아름답게 물들여 가요
긴 이별의 시간이 곁에 와 있어
인생길이 즐거웠다는 말씀 전하오

* 동부리 522: 옛날 처갓집 주소.
** 오십여 년: 결혼기간.

희망 사항

골프장 내에서는 스코어에 연연하지 않고
시시각각 변화무쌍한 자연경관 마음껏 즐기며
속으로는 상대의 친 공이 오비이기를 바랄지라도
잘 친 공에는 "굿샷"이란 칭찬을 아끼지 않으며
머릿속에서 생각한대로 코스를 점령해 나가면
세상이 모두 내 것이 되는 즐거움 하나

놀이판에서는 적은 돈에 집착하지 않고
상대가 쥐고 있는 패와 마음을 읽어가며
상상의 날개를 활짝 펴고 말이 아닌 머리로
육감을 총동원하여 게임에 집중하면
노인치매가 삼십육계 줄행랑치는 모습
눈에 선하게 보이는 즐거움 둘

육십이 넘으면 애늙은이 칠십이 지나면 중늙은이
팔십을 맞이하면 상늙은이
내가 아닌 네 생각이 다르듯이
네 생각만 뜸부기 다리 뻗듯이 강하게 주장만하면
고집불통의 얼간이 취급당하지
정해놓은 법칙 중시하며 마음껏 열중하면
바로 여기가 천당이라는 즐거움 셋

망년회忘年會

가는 해 머리에 인 빈 광주리*에
과거의 분노와 슬픔 모두 꾹꾹 눌러 담아
저승으로 가는 길가 꽃으로 수놓아
연을 맺은 친구들의 안녕을 빌고
오는 해 머리에 인 꽉 찬 광주리에 있음직한
미래의 꿈과 희망을 하나하나 꺼낼 때마다
가슴 가득 행복이 넘친 미소 지으며
죽는 날까지 희망찬 하루를 열고 싶소이다
속고 속으며 끌고 온 인생길의 긴 그림자
어쩌다 팔십 중반을 바라봅니다
온몸에 누더기 옷 입고 병마와 싸우는 하루
잃을 것도 얻을 것도 아무 것도 없소이다
이곳저곳 겹쳐진 망년회에 참가 하느라고
한 달 내내 반복되던 술에 찌든 하루가
최상의 행복이었네요 잃어버린 어제가
아쉬워 불러보는 가는 해의 마지막 노래

* 광주리: 대, 싸리, 버들 따위로 엮어 만든 그릇.

대답 없는 메아리

국가는 중산층의 비율이
높아야 건전한 나라이듯이
옛날 집은 대들보가 크고 튼튼해야
보기도 좋고 주택수명이 오래갔다
사람도 늙어서 관절과 치아가 튼튼해야
건강한 삶을 오랫동안 지속가능하다
모르는 사이 망가진 관절치료를 위해
맥없이 하루해를 보내곤 한다
바람과 같이 갑자기 나타나서
예고 없이 사라지는 인생살이
명예와 재물에 대한 집착이
아무리 강하다 하더라도
모든 이들에게 공평하게
올 때도 갈 때도 빈 손
치열하게 살다가 저 세상으로
먼저 간 친구들 그 이후 감감무소식
보고 싶어도 볼 수 없고 불러도 대답 없는
무심한 친구들에게 쓴 부칠 수 없는 긴 편지
버려진 우체통에 구겨 넣고 공중전화 박스에
전화기 잡고 목소리 높여 허공에 불러본다

내 말이 들리느냐고 우리들도 곧
너희들을 뒤따라 갈 것이라고

막내아우님 감사하이

젊은이로만 머리에 남아있는 사람이
칠십 중반을 넘어 팔십을 바라보는 나이
물김치와 수수부꾸미* 속에 어머니
냄새가 깊게 배어있고
도토리묵과 배추꼬리에서 짙은
어릴 적 추억이 스멀거리며
어제같이 다시 살아나
고향 음식으로 가득 채운
생일상을 받은 것보다도
더 감사하이
뒤늦게 막내딸로 태어나서
형제들에게 한 번도 빈손 벌리지 않고
떳떳하게 살아왔지
오히려 도움을 주면서 아들딸을 훌륭하게
키운 꿋꿋한 자존심과 자립심
자랑스러운 아우님
가정을 꾸준하게 지킨 잘 만난 신랑이란
튼튼한 울타리가 더더욱
돋보이네 그려

* 수수부꾸미: 수수가루를 반죽하여 둥글고 넓게 만들고 가운데에 팥
소를 넣어 번철에 지진 떡.

인생의 마감은 어떻게 할 것인가

인생의 마감? 모든 사람들이 원하는 바는 자는 듯이 인생의 끝을 맞이했으면 한다. 그러나 그럴 경우는 아주 드물다. 대체적으로 노년에는 본인은 병고에 시달리고 가족들까지 괴로움을 함께 하면서 그간에 들었던 정을 떼며 슬픈 이별을 한다. 아래의 글을 읽고 실천하면 인생의 끝마감에 많은 도움이 되지 않을까 해서 시집의 끝자락에 이 글을 올린다.

미국의 의사이면서 작가인 아툴 가완디가 쓴 책『어떻게 죽을 것인가(How to Die)』는 누구나 필연적으로 맞이하는 죽음에 대하여 삶의 마지막 순간을 논의한 책이다.

그의 아버지는 인도인의사로서 미국에 이민을 갔고 아들인 그는 인도인 2세 미국시민이다. 또한 의사이면서 유명한 반열에 오른 작가다. 나는 가완디의 생각에 동의한다. 그렇기에 필요치 않은 의료행위를 거부하지 않는다면 시간낭비이니 다음 글은 읽을 필요가 없고 동의하시는 분만 읽어 도움을 받으시기 바란다.

처음에는 딱딱하고 어려운 의학에 관한 이야기일 것이
라는 생각이었으나 읽어 가면서 너무 재미가 있어 단숨
에 모두 읽었다. 그는 의사이면서 작가이기에 병원의 처
한 입장과 의사가 환자를 대할 때의 심리상태 그리고 부
모를 모시면서 느꼈던 감성들이 어떠한가를 누구보다도
잘 알고 있기에 객관적으로 조명을 할 수 있었다는 생각
이 든다. 참으로 재미있었고 흥미로웠다.

흥미로웠던 첫째 이유는 그의 아버지 고향 인도사람들
이 죽은 후에 영혼의 존재에 대한 생각과 유산의 처리방
법에서 장손에게 모든 재산을 물려주고 장손에게 인생만
년을 의존해서 보내는 등등, 그러나 현재 우리는 부모 유
산의 배분비율은 모든 자녀에게 남녀와 장손에 관계없이
동일하다. 옛날 우리와 같이 가부장적이고 장손을 우선
시하는 것들이 너무 흡사해서 신기하기만 했다.

둘째로 의사는 환자의 생존율이 1%밖에 안 된다 하더
라도 환자를 살리기 위해 거침없이 수술을 한다고 했다.
현재 한국의 경우를 보자. 응급환자의 경우, 급한 상황이
벌어지면 병원 응급실로 실려 가고 수술이 필요하면 적
절한 수술을 받는다. 환자와 가족의 생각이 모두 다르지
만 환자가 의식을 잃어 자의적인 의사 표시가 불가능해
질 경우를 대비해서 환자가 담당의사와 가족들에게 사전
연명의료의향서를 남기는 방법이 있다. 자손들이 연명치
료를 환영하는 경우가 있다. 여러 가지 이유가 있으나 정

신이 나간 사람을 효도라는 이름하에 지켜야 할 이유는 타당성을 잃는다는 생각을 한다.

내용을 자세히 들여다보면 환자의 회생이 불가능할 경우 불필요한 의료행위를 사전에 거부하는 절차다. 예를 들면 회생이 불가능한 환자가 산소호흡기를 몸에 달고 생명을 연장하고 있을 때 의사가 마음대로 산소호흡기를 제거할 수가 없다. 제거하면 현행법에서는 의사가 법적인 처벌을 받게 된다. 그러나 환자가 의식이 있을 때 국민건강보험공단에 사전연명의료의향서를 남긴 경우 의사는 처벌을 면제 받을 수 있고, 가족들은 경제적인 부담을 줄일 수 있을뿐더러 환자 돌보기를 함으로써 받을 수 있는 고통에서 벗어날 수가 있다.

셋째로 병을 치료하고 죽음을 맞이하는 장소가 병원이 아니고 본인이 살던 집일 경우가 최선이라는 논리다. 본인이 평상시 살던 집이 모든 것이 눈에 익숙하고 이용하기기에 불편함이 없기에 편안함을 느낀다. 가족들과 함께 즐겁게 생활하면서 가족 또는 전문 간호사의 도움을 받고 필요할 때만 의사가 집으로 와서 치료를 해주는 방법이다.

〈사전연명의료의향서를 남기는 방법〉
본인이 살고 있는 행정구역에 있는 해당 국민건강보험공단에 본인이 직접 찾아가 주민등록증 또는 운전면허증을 제시하고 사전연명의료의향서를 작성하러 왔다고 하면 담당관리가 나와 자세히 설명을 한다. 설명을 들은 후 제시하는 서류에 서명을 하면 모든 절차가 끝난다. 절차가 끝나면 유사시 국가가 자동으로 개입하여 의사는 자유롭게 해 주고 환자 가족들에게는 불편함을 없애주는 좋은 제도라는 생각이 든다. 해당 국민건강보험공단 위치를 알 수 없을 경우에는 검색창에서 확인할 수 있고, 할 수 없을 경우는 아들, 딸 또는 젊은이들에게 물어보면 위치와 전화번호까지 쉽게 알려준다.